Une série réalisée par Thomas Astruc
Bible littéraire : Thomas Astruc
Bible graphique : Thomas Astruc et Nathanaël Bronn
D'après l'épisode "Climatika" écrit par Fred Lenoir

© 2016 Hachette Livre, pour la présente édition.

Novélisation : Catherine Kalengula
Conception graphique : Carla de Cruylles

Hachette Livre, 58, rue Jean-Bleuzen, 92178 Vanves Cedex.

Une super baby-sitter

hachette
JEUNESSE

Marinette & Ladybug

Dans la vie, Marinette a deux passions : la mode et... Adrien ! Le problème, c'est qu'elle perd tous ses moyens lorsqu'elle doit lui parler. Pourtant, Marinette cache un incroyable secret : elle est Ladybug, une super-héroïne, sûre d'elle et déterminée !

Tikki

C'est le kwami de Marinette. Elle lui permet de se transformer en Ladybug, lorsqu'elle intègre ses boucles d'oreilles magiques, les Miraculous. Calme et rassurante, Tikki est toujours de bon conseil !

Adrien & Chat Noir

Adrien est LE garçon parfait : beau, sympa et populaire ! Comme Marinette, il mène lui aussi une double vie ! Il est Chat Noir, le complice de Ladybug, dont il est amoureux sans connaître sa véritable identité...

Plagg

Paresseux et un peu ronchon, le kwami d'Adrien ne l'aide pas toujours de gaîté de cœur ! Pour permettre à son complice de se transformer, Plagg doit intégrer sa chevalière.

Papillon

Personne ne sait
qui il est en réalité
ni où il se cache. Il a le pouvoir
de repérer les gens en colère
et de les transformer à distance
en supervilains grâce à ses akumas.
Son but ? Voler à Ladybug et
à Chat Noir leurs Miraculous,
qui sont les objets magiques
les plus puissants
au monde.

Les akumas

Ces papillons chargés de magie peuvent intégrer
l'objet fétiche d'une personne en colère et ainsi
la transformer en supervilain.

Cet après-midi-là, dans mon appartement, mon attention est captée par un programme télé.

— Bienvenue à la finale de notre grand concours Kidz+ ! s'exclame l'animateur. Aujourd'hui, vous allez découvrir qui va devenir la nouvelle présentatrice météo de notre chaîne.

7

Au début du concours, il y avait
5 000 candidates soumises au vote
des téléspectateurs. La finale a lieu
aujourd'hui, entre ces deux jeunes
filles absolument géniales. À ma
gauche, Aurore Boréale. À ma
droite, Mireille Caquet. Qui sera
l'heureuse gagnante ? À vous de
voter ! Tapez 1 pour Aurore, 2 pour
Mireille.

Moi, je me dis que la perdante sera sûrement très déçue… Pendant que je réfléchis, j'entends du bruit derrière moi. Une petite fusée traverse la pièce. Du coin de l'œil, j'entrevois ce qu'elle tient : ma toute dernière création. Un chapeau sur lequel je travaille depuis des jours ! Mon cœur fait un bond.

— Ah non ! S'il te plaît, Manon, rends-moi ça !

J'ai presque failli oublier ma mission du jour. Il ne s'agit pas de combattre un supervilain avec Chat Noir ni de sauver Paris. Non.

C'est mille fois plus dangereux que cela. Je dois faire du baby-sitting.

Je bondis sur le canapé pour essayer d'attraper Manon, mais elle a déjà filé de l'autre côté !

9

— Moi aussi, je veux travailler dans la mode ! crie-t-elle.

Je la poursuis sous la table, et je me cogne la tête.

— Aïe !

Mais comment fait-elle pour courir aussi vite ?

— Arrête, Manon, il n'est pas terminé ! Tu vas l'abîmer !

Dans la vie, j'ai DEUX rêves. Petit un : celui de devenir styliste. Je passe mon temps à coudre et à dessiner des modèles – enfin, lorsque je ne suis pas Ladybug, bien sûr. Petit deux : avouer à Adrien ce que j'ai sur le cœur. Ah, Adrien… Il est tellement merveilleux ! C'est vrai, quoi, il est super intelligent. Il parle chinois, il est champion d'escrime, et il joue du piano comme Mozart. En plus de ça, il est si beau…

Mais il y a DEUX soucis. Petit un : TOUTES les filles du collège sont folles de lui, même cette peste de Chloé. Petit deux : chaque fois que je veux lui parler, c'est la cata. Je deviens rouge, mes jambes tremblent, et je n'arrive pas à prononcer un seul mot.

L'HORREUR !

— Oh non, quelle horreur ! Manon a disparu !

Tiens, tiens... J'aperçois une silhouette près de la fenêtre. Si elle pense pouvoir duper Ladybug, elle se trompe. J'avance à pas de loup, je tire sur le double-rideau, et... je découvre une poupée avec mon chapeau sur la tête. Bon, j'avoue, Manon est super forte. Mais où est-elle encore passée ?

— Moi, c'est Mireille que je préfère. Je vote pour elle... dit le petit monstre derrière moi.

Je me retourne, et je la vois tapoter sur MON téléphone ! Le temps que je le récupère, elle me reprend le chapeau des mains. Je sens que je vais craquer. Au fond, Manon est adorable, avec ses grands yeux tendres et son visage d'ange. Tout à l'heure, elle a même voulu que je lui fasse deux couettes, pour me ressembler. Trop mignonne. Le problème, c'est qu'elle gigote. Beaucoup. Tout le temps. Une vraie tornade. Elle m'épuise.

Alors que je suis au bord de la crise de nerfs, la sonnerie de l'entrée retentit. Un sauveur, peut-être ? Une fée qui connaît la formule pour transformer les petits monstres en statues – au moins le temps d'un après-midi ? Je fonce ouvrir. Il ne s'agit pas d'une fée, mais c'est un peu pareil. C'est Alya, ma meilleure amie. On peut dire qu'elle tombe à pic. J'ai vraiment, vraiment, besoin de soutien.

— Hé, Marinette, j'ai un scoop énorme pour toi ! Devine qui fait une séance photo dans le parc ?

Alya veut devenir journaliste, et douée comme elle est, je suis sûre qu'elle réalisera son rêve. Sans attendre ma réponse, elle me montre une photo sur son téléphone. Je manque de m'évanouir.

— C'est pas vrai ! Ça veut dire qu'Adrien est au parc en ce moment ?

Adrien est mannequin pour son père, un célèbre styliste. Mais il ne s'en vante jamais. Il est bien trop parfait pour ça.

Le parc se trouve à deux pas de chez moi. Il n'y aura pas Chloé, ni aucune autre fille. C'est l'occasion ou jamais !

— Zut ! Qu'est-ce que je vais pouvoir lui dire ?

— Comme d'habitude.

Histoire de me taquiner, Alya pousse une série de sons bizarres en grimaçant. C'est très ressemblant, on dirait vraiment moi lorsque je croise Adrien.

LA HONTE.

J'éclate de rire.

— Stop !

Cette fois, c'est décidé, je vais parler à Adrien – et de préférence, avec des mots compréhensibles. Moi, Marinette, je le jure sur ce que j'ai de plus cher au monde : ma machine à coudre.

À cet instant, je sens quelque chose se faufiler entre mes jambes. Une minicréature avec deux couettes et une tonne d'énergie à revendre.

— Oups, c'est vrai, j'avais oublié ce petit détail. C'est Manon, la fille d'une amie de ma mère. Je dois la garder cet après-midi… Oh non, je ne peux pas sortir !

Mon joli rêve s'envole. J'ai envie de m'écrouler par terre. Heureu-

sement, dans ce genre de situation,
je sais que je peux compter sur Alya.
Et elle sait que je serai toujours là
pour elle, quoi qu'il arrive.

— Écoute, pas de problème, me
rassure-t-elle. Je vais m'en occuper,
moi, de ton petit détail. À force de
garder mes sœurs, je suis devenue
une experte.

Je me retourne, mais Manon s'est volatilisée ! Un bruit d'enfer résonne dans la cuisine. Juste après, la tornade revient en agitant une casserole et une spatule ! Je cours aux quatre coins du salon pour la ramener auprès d'Alya.

— Hé ! Ho ! Et d'abord, t'es qui, toi ? lui lance Manon d'un air méfiant.

Là, Alya la regarde droit dans les yeux et lui raconte une histoire complètement farfelue de licorne extra-terrestre qui exauce les vœux des enfants sages. Le pire, c'est que ça marche ! Une fois Manon calmée, elle la pose sur mes épaules.

Pour la millième fois de ma vie, je me dis que j'ai vraiment de la chance de l'avoir comme meilleure amie.

Nous pouvons enfin prendre le chemin du parc, où Adrien m'attend – même s'il ne le sait pas encore. Je me demande quand même qui va remporter le concours de Miss Météo...

Justement, sur le plateau de Kidz+, le grand moment est enfin arrivé ! Alors, qui sera la gagnante du concours ? Sûre d'elle et préparant déjà son discours de remerciements, Aurore Boréale ouvre son ombrelle, le menton levé. Elle se dit qu'elle a

TOUT pour elle : beauté, style, voix agréable, personnalité. TOUT, quoi ! À côté d'elle, Mireille se contente d'espérer, sans trop y croire, les mains croisées sur sa poitrine. C'est sa maman qui l'a poussée à participer. Elle trouve qu'avec sa douceur, Mireille serait parfaite comme présentatrice télé…

— Voici le moment que vous attendiez tous, annonce l'animateur. Vous avez fait votre choix à la maison, et la nouvelle Miss Météo de Kidz+ est... Mireille !

Si pour Mireille, la météo est au beau fixe, pour Aurore, le temps est plutôt à l'orage !

Caché dans son antre secret, le Papillon peut ressentir les vibrations négatives émanant des individus. La rage, la déception sont pour lui autant d'occasions de transformer d'inoffensifs Parisiens en supervilains. Il vient de trouver en Aurore une proie de premier choix. Il attrape l'un des papillons blancs qui virevoltent autour de lui et le métamorphose en un redoutable akuma. La petite créature maléfique n'a plus qu'à s'envoler vers sa prochaine victime...

Après avoir fui le plateau, Aurore rumine sa colère dans l'ascenseur. Elle n'en revient toujours pas d'avoir perdu !

— C'est moi qui aurais dû gagner. Moi, j'ai du talent, je suis hyper jolie, j'ai un look de star, alors qu'elle, elle

n'a rien du tout, absolument rien ! C'était ma victoire, et ils me l'ont volée !

Soudain, dans une violente secousse, l'ascenseur s'arrête, et un étrange papillon noir se faufile dans la cabine. Apeurée, Aurore agite son ombrelle pour se défendre. L'akuma en profite pour se fondre dans l'objet. La magie noire peut opérer…

L'instant d'après, Aurore sent une force mystérieuse s'emparer d'elle.

— Tu as tout à fait raison, lui dit une voix profonde. Oui, tu aurais dû gagner. Climatika, je suis le Papillon. Je vais t'offrir le pouvoir de te venger. Tu vas devenir MA Miss Météo. En échange, tu devras me rapporter les Miraculous. Alors, qu'en dis-tu ?

— D'accord.

L'instant d'après, Aurore sort de l'ascenseur, méconnaissable: robe noire et ombrelle superpuissante. Attention, Paris ! Climatika arrive, et elle a de sérieux comptes à régler !

Une fois au parc, nous nous cachons derrière un arbre pour épier Adrien, en pleine séance photo près de la fontaine. Il est tellement beau que j'en suis toute retournée ! J'admire chacune de ses poses, qui sont comme lui : PARFAITES.

Adrien marchant sur le rebord de la fontaine (avec une souplesse inouïe).

Adrien se passant une main dans les cheveux (blonds et magnifiques).

Adrien bondissant vers moi, en criant : « Marinette, je t'attendais ! »… Bon, ça, c'est seulement dans ma tête.

— Génial ! le complimente le photographe avec un fort accent italien. Vas-y ! Je veux sentir le soleil se coucher dans tes yeux.

Entre nous, je ne comprends pas trop ce qu'il entend par là, mais je suis d'accord sur au moins un point : Adrien est génial. Maintenant, il est temps de passer à l'action. Première chose à faire : élaborer un plan d'attaque. Je m'adresse à mes deux adjudants, Alya et Manon.

— Allez ! On va s'approcher de lui, comme si de rien n'était, genre si on est là, c'est uniquement par hasard.

— Et ensuite ? demande Alya.

— Je l'invite à boire un jus de fruit… Après, on se mariera, et on vivra heureux dans une super belle

maison. On aura un enfant... non, trois ! Et un chien, ou un chat. Ou, non, plutôt... un hamster. J'adore les hamsters !

Ah, je m'y vois déjà... Alya me regarde d'un drôle d'air.

— Si ça ne te dérange pas, on va d'abord commencer par s'approcher de lui. Pour le hamster, on verra plus tard, d'accord ?

Oups ! Je crois que je me suis UN PEU laissé emporter par mon imagination... C'est le moment de sortir de notre cachette. J'ai le cœur qui bat à cent à l'heure. Nous marchons en file indienne derrière la fontaine, tandis qu'Adrien joue au mannequin professionnel avec un talent incomparable. Le photographe ne lui laisse pas une minute de répit.

Je répète ma consigne.

— N'oubliez pas, les filles : comme si de rien n'était…

J'essaye d'avoir l'air le plus naturel possible. Je ne voudrais surtout pas qu'Adrien croie que je suis venue exprès pour lui – même si c'est entièrement vrai. Je marche à grands pas, les épaules en arrière, les bras le long du corps. Une, deux, une, deux.

— Ouais, fait remarquer Alya, derrière moi. Ben, si on était invisibles, ce serait pareil.

Il en faudrait plus pour me décourager.

— On refait un passage.

Au moment où je pousse Alya dans l'autre sens, Adrien se retourne. Au secours ! Qu'est-ce que je dois faire ? Je me gratte bêtement la tête, rouge comme une tomate. Surpris, Adrien me fait un signe de la main – à moi, Marinette. Et il me sourit ! Je n'y crois pas, c'est le plus beau jour de ma vie ! Juste après, le photographe le rappelle à l'ordre. Pauvre Adrien !

— T'as vu, Alya ? Il m'a fait un signe !

— C'est dingue ! Ce n'est pas comme si on était dans la même classe.

Je préfère ne pas relever le soupçon d'ironie qui perce dans sa voix. Adrien ne me regarde plus, mais je continue de lui faire coucou…

Au moins, maintenant, il m'a vue, et je peux l'admirer à visage découvert. Dès qu'il a terminé, je vais le voir pour l'inviter… Ensuite, il y aura la belle maison, les trois hamsters, et pourquoi pas un voilier ? Adrien et moi, en croisière, ne serait-ce pas merveilleux ?

Je sens soudain quelqu'un me secouer la main.

— Marinette ! s'exclame Manon. Je veux un ballon avec Mireille dessus. Tu veux bien ? S'il te plaît, s'il te plaît, s'il te plaît ! Marinette !

Elle crie si fort que le photographe nous remarque.

— Argh ! *Silencio !* hurle-t-il, furieux.

Le garde du corps d'Adrien vient nous voir. Imaginez : une armoire à glace, haute de deux mètres cinquante – j'exagère juste un peu –, au visage aussi chaleureux qu'un… ICEBERG. Sans vouloir imiter Chat Noir et ses jeux de mots complètement ridicules, j'avoue que cet homme glacial me fait FROID dans le dos. Je préfère éloigner Manon

pour lui acheter un ballon... Mais
lorsque je veux retourner voir Adrien,
elle me supplie de l'accompagner au
manège.

— T'avais promis ! gémit-elle. Ne
me dis pas que tu ne tiens pas tes
promesses, ce serait trop nul !

C'est vrai, je lui avais promis un
tour de manège, si elle était sage.

Mais pas maintenant, alors qu'Adrien m'attend – ou presque. Manon me supplie du regard, et je sens mon cœur fondre.

— Oh non, pas ça ! Ne me fais pas tes yeux de petit chat. Tu sais bien que je ne peux pas y résister.

— Je t'adore !

Je crois que moi aussi, je l'aime bien, cet adorable petit monstre…

De toute façon, je sais qu'Alya viendra me prévenir sur-le-champ si Adrien termine sa séance photo. Elle est restée près de la fontaine pour monter la garde.

Alors que j'aide Manon à grimper sur la licorne du manège, Alya arrive en courant.

— Le photographe cherche une figurante pour poser avec Adrien !

Impossible ! Je dois avoir mal entendu. Ou alors, c'est encore mon imagination débordante qui me joue des tours.

— Arrête, c'est pas vrai !

Mais elle a l'air sérieux. Adrien et moi, côte à côte, devant l'objectif du photographe... Et si jamais il nous demandait de nous tenir par la main ?

Oh ! là là ! Je crois que je vais tomber dans les pommes.

— Vas-y, voyons ! m'encourage Alya. Qu'est-ce que t'attends ?

— Ben, t'oublies Manon…

Alya m'écarte, pour monter sur le manège.

— Allez ! Hop, hop, hop ! Va t'occuper du prince charmant. Moi, je me charge de la petite licorne. De toute façon, avec elle, tu ne t'en sors pas.

Manon veut se rebeller, mais Alya sait comment s'y prendre. Elle lui raconte une autre histoire tout droit sortie de son imaginaire, et Manon retrouve le sourire.

— Fais-moi confiance ! m'assure ma meilleure amie.

D'un côté, j'ai un pincement au cœur en laissant Manon. Mais de l'autre, je me dis qu'avec Alya auprès d'elle, il ne pourra rien lui arriver.

Je file rejoindre Adrien. C'est la chance de ma vie ! J'espère juste qu'aucun supervilain n'aura la mauvaise idée de venir la gâcher…

Son prix sous le bras, Mireille s'apprête à quitter les studios de Kidz+. Elle n'en revient toujours pas d'avoir gagné ! Elle, Mireille Caquet, elle va présenter la météo à la télé ! Elle a l'impression de flotter sur un nuage. Un peu plus, et elle se pince-rait pour bien vérifier qu'elle n'est pas en train de rêver.

Elle entre dans l'ascenseur, en poussant un soupir de bonheur.

Mais voilà qu'une fille au look étrange et à l'air renfrogné surgit.

— Salut, je m'appelle Climatika. La seule présentatrice météo qui ne se trompe jamais dans ses prévisions. Et j'ai une mauvaise nouvelle pour toi : on prévoit d'importantes

gelées. Elles vont avoir lieu ICI ET MAINTENANT ! hurle-t-elle.

Climatika brandit son ombrelle et lance une décharge sur Mireille, qui se retrouve prisonnière derrière un épais mur de glace.

— Au secours ! Sortez-moi de là !

Satisfaite de cette première vengeance, Climatika se dirige ensuite vers la sortie, où une meute de fans attend Mireille. En voyant tous ces gens qui ont OSÉ en préférer une autre, la Miss Météo maléfique entre dans une fureur noire. Alors, comme ça, ils n'ont pas voulu d'elle ? Eh bien, ils vont le regretter !

— Ceux qui ont voté pour Mireille, je vous conseille d'aller vous mettre à l'abri, car il va y avoir de fortes rafales de vent. *Pff !* Dommage, c'est trop tard ! ajoute-t-elle, avec un air moqueur.

Elle fend l'air avec son ombrelle, déclenchant une véritable tempête ! Les pauvres fans n'ont plus qu'à s'accrocher. Enfin, s'ils le peuvent…

Une fois débarrassée d'eux, Climatika s'envole. Au-dessus d'un parc, elle aperçoit un ballon à l'effigie de Mireille. ENCORE DES ADMIRATEURS !

Voyons… Ouragan ou glaçons géants ? Elle a l'embarras du choix pour se venger. Et vous savez quoi ? Elle ne va pas s'en priver !

Panique sur le parc !

3

Adrien et moi, participant à une séance photo. Tous les deux, EN-SEM-BLE ! C'est comme si je flottais sur un nuage... Je vais poser avec tout mon cœur. Comme ça, Adrien sera si impressionné qu'il tombera fou amoureux de moi. J'ai trop hâte !

Alors que je cours – que dis-je ! –, que je VOLE, j'entends soudain des cris affolés derrière moi. Mon cœur s'arrête. Je me retourne, et je découvre un supervilain – ou plutôt une supervilaine – qui agite une ombrelle maléfique au-dessus du manège.

L'instant d'après, sous mes yeux effarés, mademoiselle Blizzard déclenche une tornade de givre !

Oh, non ! Quelle horreur ! Alya et Manon sont emprisonnées sous un énorme dôme de glace ! Un vent de panique souffle dans le parc, où les gens fuient à toutes jambes.

Adrien devra attendre. Je sais ce qu'il me reste à faire…

Sans perdre une seconde, je file à la recherche de la première cachette venue, et j'ouvre mon sac à main pour faire sortir Tikki. Je ne m'en sépare jamais. C'est elle qui me donne mes pouvoirs, en plus d'être mon amie.

— C'est le moment, Tikki ! Transforme-moi !

À mon signal, Tikki se dématérialise et intègre mes boucles d'oreilles magiques, aussi appelées Miraculous. Puis, dans un nuage d'étoiles et d'étincelles, mon corps se recouvre d'un costume rouge à pois noirs. Avec cette combinaison en matière indestructible et mon yoyo magique, envolée l'adolescente maladroite et peu sûre d'elle, je deviens Ladybug !

Je regrette tellement d'avoir laissé Manon et Alya. Mais pourquoi j'ai fait ça ? C'était moi, la baby-sitter, moi qui aurais dû veiller sur ce petit monstre… J'essaye de me persuader que tout va s'arranger. Je dois faire confiance à Alya, elle va bien s'occuper de Manon. Je saute sur un banc, puis rebondis sur la fontaine, impatiente de savoir comment elles vont.

À l'intérieur du dôme, Alya tient Manon, blottie dans ses bras. La fillette tremble de froid, ou bien de peur… La pauvre chérie !

Je prends une voix rassurante.

— Je vais vous sortir de là ! Il n'y a qu'à couper ce gros gâteau de glace…

Je lance mon yoyo magique, qui va s'enrouler autour du dôme, et je tire de toutes mes forces. Mais le fil glisse, projetant mon yoyo dans les airs… jusque sur ma tête.

AÏE ! Pas très concluant. À demi-assommée, je me relève et m'approche d'Alya et de Manon. Je pose mes mains sur le mur de glace.

— Ne vous inquiétez pas ! Tout va bien se passer.

Manon me regarde avec ses grands yeux si craquants, qui me font fondre.

— Elle est où, Marinette ?

— Ne t'en fais pas, Manon ! Marinette ne t'a pas oubliée.

— Comment tu connais mon nom ?

OUPS ! La gaffe ! Personne, je dis bien **PERSONNE**, ne doit JAMAIS découvrir ma véritable identité. Je cherche en urgence une explication.

— Ah, euh… C'est Marinette qui me l'a dit. Elle va vite revenir te chercher.

Manon hoche courageusement la tête et place sa main contre la mienne.

TROP mignonne. Alya lève un pouce pour m'encourager. Je sais que je dois les laisser…

La plupart du temps, c'est vraiment GÉNIALISSIME d'être une super-héroïne. J'aime défendre Paris contre Papillon et sauver d'innocentes victimes. J'ai l'impression d'être quelqu'un de spécial – même si je me

demande parfois pourquoi on m'a choisie, moi, Marinette. Mais, d'un autre côté, je dois sans cesse me justifier devant mes parents, les profs, les gens que j'aime... Je vous jure, ce n'est pas toujours évident de mener une double vie, surtout lorsque je rate des cours ou que je fuis brusquement au beau milieu d'une conversation.

Être Ladybug, ça signifie vivre des aventures palpitantes, mais aussi faire des choix. Comme celui de sauver Paris, au lieu de rester auprès de mes amies...

J'espère au moins que Chat Noir est dans les parages. Il n'y a pas longtemps qu'on se connaît, lui et moi, mais c'est comme si nous étions ensemble depuis toujours. Enfin, quand je dis « ensemble », je veux juste dire qu'il est mon coéquipier ! Ce n'est pas du tout, mais alors là, PAS DU TOUT mon genre de garçon. Il est un peu trop arrogant, et il faut toujours qu'il fasse le malin lorsqu'on est en mission.

Mais je sais que je peux compter sur lui, et c'est le plus important.

Sans son aide, je ne parviendrais pas à combattre les supervilains. Il a beau m'agacer parfois, je suis bien contente qu'il soit là... Mais attention, il n'arrive pas à la cheville de mon Adrien !

Adrien... Il vient justement d'apercevoir la nouvelle supervilaine envoyée par Papillon. Elle mitraille des promeneurs à coups de rafales polaires ! Abandonnant sans regret le photographe, Adrien se rue sur son sac, où Plagg, son kwami, est censé l'attendre. Personne ! Mais où est-il encore passé ?

— Plagg ? Plagg !

— Je ne suis pas là. De toute façon, je dors.

Adrien sait comment l'appâter : grâce à son péché mignon, le camembert. À l'abri des regards, Adrien agite un petit morceau de fromage, qui ne sent pas la rose, et le kwami pantouflard sort aussitôt de sa cachette – l'une des mallettes du photographe.

— Pour ta gouverne, sache que je peux flairer un camembert, même dans mon sommeil, déclare Plagg le plus sérieusement du monde. C'est l'un de mes très nombreux talents.

— Génial, l'interrompt Adrien, avec impatience. Mais on parlera fromages plus tard... Plagg ! Transforme-moi !

Le kwami devra se passer de goûter ! Il est aspiré dans le Miraculous d'Adrien, sa bague. Une combinaison noire, un masque, des oreilles de chat et un incroyable bâton multi-fonction plus tard, Adrien devient... Chat Noir !

Et il est prêt pour l'affrontement. Ce n'est pas une petite tornade de rien du tout qui va l'effrayer !

Climatika est en train de sortir du parc, lorsqu'elle aperçoit un drôle de matou, juché sur la grille.

—Hé, la reine des glaces, ton arrivée a jeté un froid ! lance Chat Noir, l'air

moqueur. À cause de toi, il n'y a plus un chat dans le quartier.

— Mon nom, ce n'est pas la reine des glaces ! C'est CLIMATIKA !

Plus elle s'énerve, plus cela amuse Chat Noir. Un large sourire aux lèvres, il descend de son perchoir, en faisant tranquillement tourner sa queue-ceinture.

— Écoute, aujourd'hui, je suis de bon poil. Enfin, un peu plus que d'habitude. Si tu te calmes, il n'y aura pas de bobo, d'accord ?

Quel dommage ! Climatika ne semble pas partager son sens de l'humour. Le visage glacial, elle ouvre son ombrelle et transforme Chat Noir en… boulet de canon. Attention à l'atterrissage !

4

Avis de tempête !

Alors que je cherche la redoutable mademoiselle Blizzard, j'aperçois soudain un objet volant non identifié qui traverse le ciel de Paris. Oh, mais c'est Chat Noir ! Il fait la boule de flipper entre les voitures, avant de finir étalé comme une crêpe au milieu de la rue. Je me précipite vers lui.

OUF ! Il a l'air indemne – juste un peu… vexé. En même temps, cela ne m'étonne pas de lui. Il n'est pas du genre à accepter facilement la défaite.

Je me mets à plaisanter.

— *Pff !* Je suis déçue ! Je croyais que les chats retombaient toujours sur leurs pattes !

Je préfère ne pas lui montrer que je suis soulagée. Il serait bien trop content de savoir que je m'inquiète pour lui ! Tandis que je lui tends la main pour l'aider à se relever, il en profite pour l'embrasser.

— C'était voulu, ma lady. Pour le plaisir de te retrouver.

Je retire aussitôt ma main, agacée. Non, mais quel frimeur, celui-là ! Je m'apprête à lui répondre, lorsque j'avise quelque chose du coin de l'œil. Mademoiselle Blizzard !

— On signale un front orageux avec risque de foudre ! crie-t-elle.

Et ça commence
MAINTENANT !
Catastrophe !
Elle pointe son
ombrelle vers
le ciel, qui
s'assombrit dange-
reusement. Oh non, un
éclair fond droit sur nous !
Je m'empresse d'écarter
Chat Noir de sa trajectoire,
et nous roulons ensemble
sur le sol. Derrière nous,
dans un bruit d'enfer, la foudre
percute les pavés.

Alors que nous sommes serrés
l'un contre l'autre, mon coéquipier
en profite pour rapprocher son
visage du mien, comme si de rien
n'était. Non, mais qu'est-ce qu'il

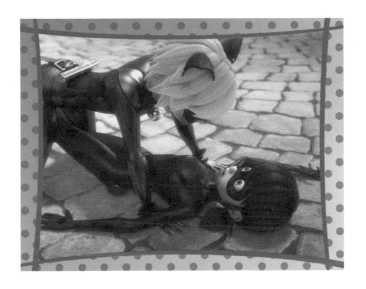

croit ? Mon petit cœur ne bat que pour un seul garçon, et ce n'est pas lui… Je réglerai nos comptes plus tard ; pour l'instant, j'ai d'autres chats à fouetter. Ou plutôt, une méchante tempête à calmer.

J'oblige Chat Noir à regarder de l'autre côté, vers la supervilaine, qui approche à vitesse grand V.

Elle plane au-dessus de la rue. Ni une ni deux, Chat Noir se relève et se précipite vers elle.

— Ah ! Elle veut jouer au chat et à la souris ! lance-t-il avec assurance.

Mauvaise idée !

Je veux l'empêcher d'y aller, mais… Trop tard ! Mademoiselle Blizzard brandit déjà son ombrelle. Je n'aime PAS DU TOUT lorsqu'elle fait ça.

— VERGLAS !

Elle lance une salve et, en un clin d'œil, la rue devient une véritable patinoire ! Chat Noir dérape.

— Oh ! Oh !

Comme si cela ne suffisait pas, elle enchaîne avec une bourrasque d'une force incroyable, qui nous emporte ! Des voitures s'envolent autour de nous. Je lance mon yoyo autour d'un réverbère, et je m'y accroche de toutes mes forces. Au passage, j'attrape Chat Noir par sa queue-ceinture.

— Je te tiens !

L'ouragan est si violent que nos pieds ne touchent plus terre. Je ne sais pas si je vais pouvoir tenir longtemps ! Soudain, le vent cesse, et nous retombons lourdement sur le sol.

— Aïe !

Pas le temps de souffler ! Des explosions retentissent quelques rues plus loin. Mademoiselle Blizzard semble bien décidée à transformer Paris en champ de ruines. Il faut absolument l'en empêcher ! Sans oublier Alya et Manon, qui comptent sur moi...

En quelques bonds, nous retrouvons la supervilaine. Un peu partout, des voitures sont sens dessus dessous, et le ciel est noir comme de la suie. Je ne reconnais plus ma ville chérie.

Alors que je cherche la meilleure stratégie d'attaque, Chat Noir recommence à fanfaronner. Il se plante au milieu de la rue, dans une pose superhéroïque, du style : « Attention, me voilà ! »

— Cette Miss Météo me hérisse les poils.

Je vous jure, il y a vraiment des jours où il me fatigue. Je le retiens par la queue.

— Pas si vite, mon minou. Réfléchis un peu, avant de sortir tes griffes.

— Pourquoi ? T'as un plan ?

— Regarde, et fais comme moi.

Grâce à nos extraordinaires pouvoirs, je me mets à courir à l'horizontale sur les façades des immeubles tandis que Chat Noir fait la même chose de l'autre côté de la rue. Nous allons prendre mademoiselle Blizzard par surprise. C'est notre seule chance de la mettre hors d'état de nuire.

Mais elle se retourne juste au moment où nous bondissons sur elle, yoyo et bâton tournoyants à la main.

— Encore vous !

Avis de tempête ! Chat Noir et moi, nous prenons notre envol par-dessus les toits. L'atterrissage est rude, et une pluie de véhicules s'abat autour de nous ! Nous multiplions les acrobaties pour les éviter. Alors que je crois que

c'est enfin terminé, un bus nous fonce droit dessus !

Plus le temps de l'esquiver ! Il faut trouver une idée, et tout de suite !

J'attrape Chat Noir, puis je fais tourner mon yoyo à toute vitesse au-dessus de nos têtes. Telle une perceuse, il creuse un grand

trou dans la paroi métallique du véhicule.

C'était moins une !

Nous nous extirpons du bus et nous lançons à la poursuite de mademoiselle Blizzard. Mais elle semble s'être volatilisée. Elle peut se trouver n'importe où dans Paris. C'est comme chercher une aiguille

dans une botte de foin !
Tandis que nous
courons de rue en
rue, son visage
mauvais apparaît sur
un écran géant.

— Chers téléspectateurs,
voici les prévisions météo
pour ce premier jour d'été.
Il semblerait que Mère Nature
ait changé ses plans. Les
grandes vacances sont
officiellement annulées !

Elle est vraiment effrayante, quand
elle s'y met ! Oh, non ! Des flocons de
neige commencent à tomber ! La
situation empire à vue d'œil. Si nous
ne faisons rien, elle va finir par
bouleverser complètement le climat,
et peut-être même détruire Paris !

Près de moi, Chat Noir appuie ses mains sur ses hanches.

— Oh, flûte ! En maillot de bain, je suis hyper canon.

Il a un petit sourire ridicule, qui, secrètement, m'amuse beaucoup. Mais je ne le lui avouerai jamais. Jamais de la vie. Ça lui ferait trop plaisir.

Je rétorque :

— Ouf ! Grâce à elle, je vais échapper à ça. Au moins, maintenant, on sait où la trouver !

Mais la bataille est loin d'être terminée…

5

Combat sur le toit

Nous gagnons l'immeuble de Kidz+ le plus vite possible. Dans le hall d'entrée, mademoiselle Blizzard monopolise tous les écrans. En voici une qui a soif de célébrité, on dirait !

— Préparez-vous à affronter la pire tempête de neige de tous les temps ! annonce-t-elle en ricanant.

Chat Noir me montre une affiche du concours de Miss Météo, sur laquelle figure l'une des deux candidates : Aurore Boréale.

— Cette fille ne te rappelle pas quelqu'un ?

Soudain, je remarque l'objet que tient Aurore.

— La Miss Météo ! L'akuma doit se trouver dans son ombrelle !

Un peu plus loin, nous repérons une porte, surmontée d'une lumière rouge allumée. Le studio ! Elle est forcément là.

— Fini le beau temps ! se vante-t-elle. Place à l'hiver éternel de Climatika ! Ha, ha, ha !

D'un coup de pied, nous enfonçons la porte. Ça alors, PERSONNE ! Pourtant, elle continue son bulletin météo. Je comprends brusquement :

— C'est un enregistrement !

Ses rires se rapprochent. Nous nous retournons. Climatika surgit dans l'encadrement de la porte ! D'un geste, elle lance un éclair vers le plafond, et nous avons juste le temps de plonger pour éviter la rampe de projecteurs qui dégringole sur nous.

L'instant d'après, toutes les lumières s'éteignent. Nous nous retrouvons dans l'obscurité.

— Lady Glagla nous a mis un vent, commente Chat Noir.

Grâce à sa vision féline, il voit très bien dans le noir, lui. Pas tout à fait mon cas. Mais je veux quand même essayer de me débrouiller toute seule, sinon il va encore se croire indispensable. Tandis que j'avance à l'aveugle, je trébuche sur quelque chose et me retrouve par terre.

— Aïe !

Chat Noir m'attrape la main.

— Qu'entends-je ? Une demoiselle en détresse ? Donne-moi la papatte et fais-moi confiance.

Ce qu'il peut m'agacer, parfois ! En même temps, je crois qu'il y a des moments, dans la vie, où il faut savoir ravaler sa fierté.

Il m'entraîne en courant le long d'un couloir, puis dans un escalier. Au moment où je décide de lâcher sa main, j'entends les ricanements de Climatika, un peu plus haut.

Mauvais signe !

— Baisse-toi ! me crie Chat Noir.

Un objet frappe bruyamment le mur, derrière moi. Finalement, je crois que je vais suivre mon coéquipier sans discuter…

Nous montons les marches quatre à quatre, et nous déboulons, par une porte de service, sur le toit de l'immeuble. La tempête de neige fait rage. Climatika lévite tranquillement dans les airs, comme si elle nous attendait.

— Ha, ha, ha ! Ce que vous êtes mignons ! Vous avez foncé tête baissée dans mon piège... CYCLONE !

Un gigantesque tourbillon surgit et enveloppe l'immeuble.

— C'en est fini de vous ! Vous ne sortirez pas de l'œil de ce cyclone !

Hors de question ! Je ne m'avouerai pas vaincue aussi facilement.

— Ça ne fait que…

Soudain, je me rends compte que Chat Noir me tient toujours la main. Et ça a l'air de l'enchanter ! Je me libère, avant de reprendre :

— Ça ne fait que commencer, Climatika ! *Lucky charm !*

C'est mon pouvoir spécial, celui que j'invoque en dernier recours face aux supervilains. Je lance mon yoyo en l'air. Des centaines de coccinelles magiques s'en échappent et se transforment en un objet mystère qui retombe dans mes mains…

— Une serviette de bain ? Mais qu'est ce que je dois faire de ça ?

Chat Noir – le roi des blagues –
croit bon de plaisanter.

— Super ! Exactement ce dont
j'avais besoin maintenant pour me
sécher les cheveux.

En attendant de comprendre à
quoi cette serviette pourrait me
servir, je l'enroule autour de mon
bras, d'un geste déterminé. Ça ne

semble pas beaucoup impressionner Climatika.

— Rafale de grêle ! hurle-t-elle.

Une averse de grêlons gros comme des balles de ping-pong s'abat sur nous ! Chat Noir dégaine son bâton et le fait tourner au-dessus de nos têtes pour nous protéger.

— Alors, c'est quoi, ton plan du tonnerre pour capturer l'akuma ? Ce n'est pas que je fatigue, mais je commence à avoir des crampes…

Je scrute le décor. Plusieurs éléments me sautent soudain aux yeux : le bras articulé d'une nacelle,

un tuyau, un grand panneau. Tout
s'éclaire !

— Chat Noir, tu vois le panneau
d'affichage, là-bas ? À toi de jouer !

— Ça marche ! Cataclysme !

Un nuage de particules noires se
forme dans sa main levée, la char-
geant d'énergie magique. Avec son
pouvoir, Chat Noir peut détruire tout

ce qu'il touche, et il faut avouer que c'est bien pratique pour ralentir un supervilain. Il se met à courir vers le panneau.

— Hé, la fausse reine des glaces ! C'est tout ce que tu sais faire ?

Climatika n'aime pas du tout qu'on la provoque. Folle de rage, elle ne comprend pas qu'il s'agit d'une manœuvre de diversion ! Elle fait aussitôt cesser l'averse de grêle et appelle la foudre. Chat Noir virevolte dans tous les sens pour éviter les éclairs qui pleuvent sur lui : sauts, pirouettes, à deux ou quatre pattes. Trop fort, Chat Noir ! Il termine sa course par une glissade le long du panneau, qu'il fait tomber sur l'ennemie grâce à sa main destructrice.

À mon tour, maintenant ! Alors que Climatika lance la foudre sur le panneau pour y percer un trou, j'en profite pour projeter mon yoyo autour de sa cheville.

Bonds, saltos, glissades contrôlées. Je tiens fermement le fil qui me relie à la supervilaine. Je fonce sous un tuyau, puis saute au-dessus d'une bouche d'aération. C'est le moment d'utiliser mon arme fatale : la SERVIETTE. Je la déploie au-dessus de ma tête, et elle se met à gonfler sous l'effet du courant d'air.

Tandis que je m'élève, Climatika est attirée vers le bas par le fil coincé sous le tuyau... Comme je l'avais prévu, elle tombe pile au niveau du bras articulé tournant ! Celui-ci

percute son ombrelle, qu'elle est obligée de lâcher. Chat Noir s'empresse alors de la récupérer et de me la lancer.

Une fois revenue sur le toit, je me fais une joie de la briser en deux sur mon genou. Le papillon maléfique s'en échappe aussitôt.

— Fini de nuire, petit akuma !

Je fais tournoyer mon yoyo pour le capturer.

— Je te libère du mal !

Lorsqu'il ressort de mon yoyo, l'akuma est devenu un magnifique papillon, qui s'envole vers le ciel… Je n'ai plus qu'à lancer la serviette, aussi haut que possible, au-dessus de Paris, en criant :

— Miraculous Ladybug !

La serviette se métamorphose en une armée de coccinelles magiques, qui se déploient dans la ville et réparent instantanément les dégâts provoqués par Climatika.

Tout redevient comme avant. Mission accomplie ! J'ai hâte de retrouver Alya et Manon…

— Mais qu'est-ce que je fais là ? demande Aurore Boréale, qui a tout oublié.

Avec Chat Noir, nous échangeons un regard victorieux.

— Bien joué !

C'est vrai, même s'il est arrogant, frimeur et agaçant, nous formons

une belle équipe, lui et moi...
Dommage qu'il ne soit pas Adrien !

OH NON, ADRIEN ! Avec tout ça, j'ai complètement oublié notre séance photo !

Que Marinette se rassure ! L'exigeant photographe à l'accent italien ne semble pas près de libérer son mannequin vedette. Il cherche toujours l'inspiration, LA figurante qui fera de ses clichés de pures merveilles.

Marinette, peut-être ?

Alors qu'elle court à en perdre haleine vers son prince charmant, le photographe pointe soudain Manon du doigt. C'est comme s'il voyait en elle la beauté incarnée.

— Mais qui est cet adorable petit… ange ?

Pauvre Marinette ! Elle qui rêvait de poser avec Adrien !

Au moins, elle peut se sentir fière d'être une super baby-sitter…

Retrouve très bientôt
Ladybug et Chat Noir
pour une nouvelle aventure
en Bibliothèque Rose !